Für
Eva [illegible]
herzlich
Klaus Demus

Klaus Demus

Hinausgang

Neske

Meinem Vater

Verlegt bei Günther Neske, Pfullingen
Umschlag von Brigitte Neske
Gesamtherstellung
bei Wilhelm Röck, Weinsberg
Printed in Germany
ISBN 3 7885 0331 9

I

Orgelpräludium

Die großen Hämmer und Gewichte
schlagen und rücken im Gang,
das Räderwerk klimmt
in den laufenden Gegenkreisen,
es spannt sich und hebelt,
hebt sich und senkt im Gestänge,

weltstaubblitzend,
bis der tiefdurchklungenen Sonne
im Orgelpunkt
die goldausstrahlende Rose rollt
und Bild um Bild herauf aus sich,
aus dem Abgrund rings der Tierkreis
morgenrötlich die Lichterketten
und nachteintauchend wieder ins Veilchenblau
die Träume führt,

die volle erstarkte Glorie,
Quintadena, Sesquialtera, Cymbelstern,
Dulzian, Nachthorn, Rauschpfeife, Scharff und Gedackt
und der sechzehnfüßige Baß oktav im Pedal.

»Dem gleich fehlet die Trauer«

Durch des Apfelbaums Zweige
schau ich des Sommertags
lichtes Gewölk und das Leben
dieser Zeit hinziehn,
und Staunen begleitet mir
die Gedanken, wie droben
in schwindelnder Reihe
täglich immer das Rechte wird,
und daß es zu folgen gilt,
und wie uns dies, so leicht es
erscheinen mag, so selten gelingt
und die besten Tage dann
schlecht genutzt und verloren sind.

Und ich denke mir andre
und gänzlich freie Existenzen,
wie schon lang vor dem Wetter ein Berg
mitahnend droht und trauert,
und silbern das Gras weht
und mit den Kronen der Wald rauscht,
aufgestört, und nicht mehr
zur Ruhe sich bringt, und schon die Tiere
rennen und die Vögel sich bergen,
und wie dann im Himmel groß ein
Tor sich auftut
und Feuer und Wasser vorstürzt aus Räumen
voll Dunkelheit und Verderben.

Und so denk ich der Urzeit
unausweichlich als Zukunft,
weil, was am Ganzen gemessen
so kurz dazwischen lag,
weder Bestand noch Recht hat,
und keinerlei Trauer darüber,
daß dies nun zu Ende geht,
sollte sein. Der weglose Weg,
den die Einzelnen kaum, und so schwer nur,
zu finden wußten, er war nicht
den Vielen möglich. Es gilt aber nur
das Gesetz. Jeder Tag sagts laut,
wir beachtens nicht, und verschwinden.

Halb innen, halb außen

Das Hinüberlangende
zwischendurch
wenn die Nebel aufgehn
am Regentag in den Bergen;
das nur der Zeit nicht zu dunkle
Grenzleben im Graulicht;
das große Verständigtsein
im überall gleichen Haus
und die flüsternden Vertraulichkeiten
von Himmel und Erde.

Gewölkbegraben
tastet auf Herzlänge sich
der Raumsinn sein Gegenüber, die
Bergwand, der Wald
wie Traum, Unterirdisches,
dämmert durch silbrige Feuchte
und alles freie Geräusch
hängt, ein einziger Baum,
im Tosen der Bäche.

Freilich geht
der Königstag des Gestirns
vorüber, droben, hier aber wohnt
zu Geschick beisammen, was
fast an den Grund gesunken
die Welt heut ausmacht –
Nähe und Weite aufgelöst ineinander,
im Ungewissen Unerbittlichkeit,

rauh streifend ein Allgefühl,
das den Eingang ins Innerste
weitert und weitert.

Traum

Zwischen gleichen Stämmen ging ich
durchs Gras im Wald,
und die weitverbreiteten Räume
nahmen kein Ende;
im Offnen den Weg quert ich
– rechts-links, wohin? –,
taucht wieder ein,
nur Säulen und ihre Gewölbe;
als Schluchten höhlten, ging ich
geschwungene Grate auf,
Waldhorste droben und Sättel,
stand da im Anschaun des Dämmers;
zwischen Rufen und Finden folgt ich
den Waldgenossen, führt an,
auflaufend Gegenhänge,
wirrt Leuchten und Schatten mir, Abend.

Schritt dann, da's dunkelt auf Wiesen,
Büsche betrogen bereits,
zwischen rauschenden Zwillingswässern
Erinnertem nach zutal;
kam in die Gassen kleiner
gereihter Häuser, wurd' dort
herumgedreht und wieder
hinaufgesandt in die Hänge;
trat, die Bergsteige hoch dann
und frei befahrend, hinaus,
geriet ins Weinbebaute
wegabgesperrter Gelände;

drunten spiegelt der Fluß,
stromauf in Fernen die Brücke:
im Finstern schon drüben
warf sie mich in die Au.

Nicht weiter wußte ich da,
ging seitwärts unter den Bäumen,
wo bald in Tiefen wie eines
Fests Lichter mich zogen:
Auswandrer, nachts, sammelten
sich, ins Gebirge, und schon
war ich mit auf dem Zug, in
eins der verzweigten Täler;
allein zuletzt, sah ich Morgen
mir durch ein Waldstück strahlen,
schritt mitten im Wiesennebel
und hatte den ganzen Tag
vor mir: zu dienen der Welt
dahinten, die ich verlassen,
und alle Lieben wußt ich mir nah,
und allen würd ich zurückkehrn.

Grauzeit

Kehraus wüstet das Jahr
wieder zum finstern Stern.
Tag der Erde, was tun?
Weltlichts Asche und Ruß,
düster und traumbereit.

Bergwalds Steintrauer stürmt,
fährt unter Dach hinauf,
wild im Gemüt, und strömt,
Herbst unter köpfenden Wolken,
Freiheit aus.

Gipfel die wacher stehn,
klarer und sturmgerecht,
bringen, schon biegt sich das Holz,
früher das Rauschen aus,
ringend auf eigne Faust.

Zwischen der Fluß durchschmückt
hüpfende Schnellen, rast
steinige Reihn des Betts
nieder, verschäumt als Zug
goldbrauner Wasser, glänzt.

Schauer suchen im Raum
hell, myriadenweis
Wege der Niederfahrt,
winziges Vogelgewölk,
das zu Wasser klatscht.

Himmelsverschüttung, fließt
Blindheit und Dämmer herab,
baut es droben herum
weltändernd im Hoffnungsgrau –
längst auf gestürztem Gewölb.

Stelle am Fluß

Gläserne Eisrinden
sucht der Wintermorgen in der
Freude zu lösen, es gurgelt
um die Blöcke, Licht
schmilzt, fließt, blitzt.
Im Rauhreifstaudicht der Ufer
herrscht noch der Schatten, aber
Schneelasten fallen
dumpf im Wald. Es ist die
naheste Zeit zur Sonne.
Weit flußauf
spiegelt in Rauch und Helle sich
der tanzende, hüpfende
Strom.

April

Es war noch sehr viel Licht im Wald
und eine weite Durchsicht der Räume.
Drin blühten am Boden Plätze blau.
Kirschbäume in der Waldbucht
standen wie eine Flotte, hereingesegelt,
dicht wie Kraniche mit ausgebreiteten Schwingen.
Im Hellen der Säulenhallen
auf sich aber zog, entfernt,
von Fichten ein dunkler Kern,
fast wie die finstre Burg des Waldes:
alter Schatten und Traum, unter wirren,
abgestorbenen Zweigen. Rings
glänzt' viel Sonne nieder und wider-
leuchtet' zartblättrig das neue Grün.

Aufschwung

Erneuere, Freude, dein Licht!
Bergen ziehst du zu,
Lebenstagen auf Erdenwegen.
Schlag deiner Morgenflammen
glühendes Haus um mich,
befeure den Schritt!
Welt mir noch zu finden
stürm ich ins Steile auf,
weiß ich doch: nichts hilft
mehr, außer dir.

Bergmorgen

Wenn die Morgenschatten
sich langsam verringern
und das steilere Licht
halb schon die Räume füllt,
wohnt anfänglicher Zeit
Herrlichkeit wieder am ganzen
Berg, und es bedürfte
nichts weiter. Die frühe
Stunde hat allen denkbaren
Glanz. Erinnerst du dich
später, wie atemlos du im Glück
jauchztest, kein Welterfahren
sehnst du wie dieses dir
zu erneun.

Bergbesteigung

Wie winzig gegen den Berg,
an Sommertags Mitte,
steigst du steile Hänge hinauf,
während hoch über euch,
riesenhaft,
blendend in Wolkenglut
und halb schon ein Schattenbau,
das Werden sich türmt,
weißgestaltet, rastlos
aus sich, in sich dichtend und
dunkelnd;

Triumphzeit, Erde und
Allheit brausen im Chor,
du bist allein hier im Ganzen,
es wächst und arbeitet
himmelhinauf
ein rennender Traum,
mitgerissen
glühst du zur Höhe;
das Sein ist frei, es webt
das Geschick, ganz nah
im Lautlosen sausen
wie Flügel die Stühle.

Glut

Hinab, steig hinab
die Almhänge, das Bachbett,
den Abbruch überm Tal, tiefdrunten;
dünk dir nicht
der und der, du bist jetzt
keiner, Abendfeuer will
noch ein Opfer, klettere nur
um dein Leben, es geht
ums Ganze der Welt:
Nichts darf jetzt mehr
unterbrochen werden, ein einiges
Haupt schaut die Sonne
allherglühend ins Erdenträumen,
streng mit den Schatten, dein Tod
ist darunter; steig hinab,
du wirst mit den Bäumen sein,
den Sträuchern dran du dich krallst,
dem geschürften Gestein, fahrend
ins Abhaldige, Tiefen zu,
hinaus in die Luft, ein Meteor,
frei, ein Stern wie die Erde,
Licht im Aug, und das All
im Licht: das bist du,
und am meisten, ganz, immer
zuletzt.

Bergwald

Hast du einmal in den klaren Garten
uralter Bäume hinaufgefunden,
wo Sommers Ruhe und rein das Licht
wie einer Gottheit das Haus bestellen,

möchtest du ihn auch im Rauhreif schauen,
in sengender Blitznacht, in Abendröten
weltverändernden Föhns, und winters
in zweiter Natur, in Kälte und Pracht:

immer ist es hier Zeit der Wahrheit,
Jahrhunderte stehn davon voll, es träumt
in zartesten Augenblicken der Erde
ewiges Leben, das ragt und strebt.

Gletscher

Erkaltete Massen
eines gestürzten Sterns.
Seines Leibs unsterbliches Licht
dringt aus den Kristallen.
Im schneeweißen Bruch springen
Wasserbogen. Palaststraßen
ergrauter Blöcke dauern
am Fuß, von da sich
tiefzerschnitten, vernarbt,
ein zerscheiterndes Meer
hinausträgt. Drunten toben
ein Tausendjahr später
gelöste Gewalten.

Sommermittag, Gebirge

Zur großen Versammlung des Himmels
fliegen die Wolken herein
und stellen sich eng in gefüllten Reihen
zur Ordnung auf
über langgegliederten Alpen:
gebäumte Alleen im Blau,
dicht eine Phalanx mit Federbüschen,
die wachsende Brandungsmauer,
dran alles freie Verspielen
ernst wird und endet.
Die Waage des Tags, belastet,
füllt sich mit Licht und Schatten.
Raumweit auf den Bergen
sammelt sich unübersteiglich Verhängnis,
dem drunten die Täler
diesig in Erdenbläue voraus schon
leben und sterben.

Die Tauern im Wetter

Gewölks Mühlen, schwarzkohlend,
dran im Schneelicht haftend
die Himmel kochen,
an Schulter und Brust aufgerissen
die Gletscher, wild
das Haupt verhüllt,
hochschaurige
Essen des großen Rauchs,
der taghin quer Wetters Strom,
Sturms strähnige Fahnen ausrollt;

wann immer das Ungeheure hier
maßlos von langer Hand
hereinbricht, an ihrem Bild,
brandend aus ganzer Kraft,
herrscht es, bezeugt seiner Urzeit
nie gewandelten Aufbruch, stets
wiederholend, durch sie.

Bergnebel

In Nebeln heimisch,
such ich mir heut den Tag
auf dem Berg, des Lebens
Weg im Raum gehend,
durch Nähen und Weiten,
im Frieden des Gewölks.
Und zugleich auch
geh ich ganz andere Wege,
irgendwo in der Welt
und der Zeit, und trete
in Augenblicken hinüber,
bin dort. Keiner weiß aber
vom andern. Nur ich wohl
muß es in beiden sein,
der hier, und der dort,
mir das Leben führt,
von denen ich keins aber
anerkennen kann als das
meine.

Gipfelabend

Das Auge der Welt
glüht fern gegenüber,
all-einsam, über
vergrauendem Bergmeer.
Loht purpurnen Hofs, wenn
räubrische Nebelwächten
den Berg übergreifen, Verschüttung
drängend dem Glutpunkt.
Schwächt sich und flammt.
Ein Stern geht ins Nichts.
Verlöschend in Tiefen noch
schickt er sein Blühn durch die
wallend zusamm-sich-
mauernde Ödnis.

Berührung

Wird heut im Regentag
– verhangen der Wald,
grau, und ein Hausgefühl
setzt sich fort unter Bäumen –,
wenn sich das Leben neigt,
schon versteckt, Einkehr
endlich, Aufnahme sein?
Krautig naß, tropfenbetaute
Gegenwart streift am Fuß.
Das Vergangene dämmert
im Dunsthauch der Zukunft.
Weltränder-Unendlichkeit,
ihr Verhülltes, heilig.

Fremder Ort

Abendschatten. Zuhausesein.
Die Sonne in Mauern
strahlt noch durch die Bäume.
Halb Häuserlicht, halb Dächerblühn.
Verlassene Gartenkühle.

Wie's von unsichtbaren Figuren
sich um die Büsche bewegt,
ein Lachen und Laufen . .
Aber die Amsel nur singt.
Spröd und in Pausen. Tönend.

Gartenblick aus der Kindheit
zu ungewisser Nachtzeit

Auf Ästen ruht der Glanz.
Ein schwarzes Wegstück drunter liegt im Bogen.
Die Blüten leuchten wie im Nebel weiß.
An der Hausmauer klettert im Schatten ein Tier.

Im Finstern erwacht faßt all das ein Blick,
der auch seinen Traum noch schaut.

Nachmitternacht, Vollmond

Sein Lichtergießen,
verlangsamt im Gang der Zeit,
widerschimmert als Meereszauber
dort auf der Wiese vorm Wald.
Über wipfelgespitztem Schwarz
in der Milde der oberen Welt
steht der silberne Nagel
eingeschlagen. Dunkel und kaum
einzeln in Träumen Anteil
nimmt das Tal. Nur wie
Seelenfeuer voraus dort blendet,
nicht fern, das zu scheuende
stete Glänzen.

Morgen im Herbst

Die hoch entdeckten Gipfel
im ersten Schnee,
und das Licht aus Süden
legt ihrem feinen, gewaltigen
schwarzweißen Einzelbau
das heutige Weltkleid, ein goldenes an:
noch Erden-Urzeit und noch immer Schicksal
und seine Beleuchtung:
unauflösbar das
wie ein stehender Traum
neueste Wirkliche, wie es
im Niewiederkehren wohnt
und ein Schicksal aus sich herausspinnt.

Rest

Herbstmorgennebel
täglich bis zum Talrand
und hinauf in die Fichten,
erst nah kommt der Fluß heraus,
häuft strudelnden Glanz
um die Brückenpfosten;
es weist bergan, den
nicht mehr gebrauchten Hohlweg,
hinauf durch die Geisterräume
des Walds, zur erreichten ersten
Frei in der Sonne:
Bauernheimat tritt da
im schwarzen Totentanz
rotfeuriger Bäume entgegen,
vom splittrigblitzenden Brunntrog tönt
des Wassers noch einzig Leben
gebender Laut.

König in Thule

In der Herbstsonne
sich bis ins letzte am Berg
verspäten: mit ganzem
Leben bezahlst du
das Volle noch über den Rand;
was du nicht wieder träumst,
schlingt dir die Welt
in den goldnen Reif,
und die Schatten, schnellaufwachsend,
verherrlichen, krönen
den letzten Schaum
über der unentrinnbar steigenden
Tiefe.

Abend des Wanderers

Die ungewinnbaren Fernen nur
stehn ihm noch offen
und reißen gewaltsam sein Innerstes hin,
dort durch das feuerschmelzende,
immer tiefer gerückte
Tor der Welt.
Verdunkelt, vernichtet fast
vor Entzweiung, wird
spät erst im Schlaf er geheilt,
wenn die mit dem Licht
davongegangene Seele ihm träume-
glühend zurückkehrt.

Landschaft

Ins Unauflösliche
grübelnd, ins Land
blickst du, siehst du nur
Teile von allem: wie die
Wiese schwindet zum Bach,
büschegefüllt, eine Kette von
Bäumen über den Hügel kommt,
etwas Gewölk fliegt
hauchweiß
hinter dem Wald herauf;
nichts Ausgesprochnes,
trüb luftgrau, Äckerfarben
der Ferne, im Ganzen aber
regt sich unmerklich
– mitdeutend sinnst du's
nicht aus –, was geschaut
werden kann, das unaufhörliche
Seelenleben der Erde.

Kehraus

Die Bäume vernachlässigen sich,
feurig und achtlos,
nach jeder Nacht weiter im Abbau
werfen sie, kein Sturm, kein
Hauch, im Reif wie im sattesten
Leuchten ihr Laub hin:
es häuft sich im Wald, und
der Rand zu den Wiesen
blickt wie ein Strand, bandgesäumt.
Jetzt lohnts, unter bäurischen
Birnbäumen sich nach
Blättern zu bücken:
lackrot, raupenbunt, kostbar,
das Einzelne unerhört,
so spottets verschwenderisch
rottender Fäulnis. Augenblicks
Freude. In der ewigen Sonne
ist es ein Fest, aber häufiger
graugedämpft und im Nebel
strahlt erst der Farben Kraft
wie sie soll. Am Berg das Gewand
glüht unvergeßlich. Stehst du
im falben Gras irgendwo im Wald,
es zerreißt dir das Herz.

Novembergang

Rollender Hügel wat ich im
Kupferbraun grauer
laubabgelagerter Säulen und unter
Netzgeäst, schau drin im Gehäuse
offenbart draußen Fernen blaun,
durchquere frei
mit der Feuerumzäunung
waldeingeräumte Wiesen,
wilde glühende Lauben Gesträuchs
durchtauch ich und steh
erst vorm Leuchten im
niedrigziehenden Wolkengrau
still: Herbstweh der Welt,
einsam und Herrlichkeit,
so sturm-überfüllt noch
das Glück das Jahr,
taumelnd, und morgen schon
im kalten regnenden Dunsthauch
für immer zu spät.

Im Spätjahr

Kurze, im niedrigen weißen
Winterlicht aus der Bläue
strahlende Tage am Berg.
Waldkuppen, tiefgrün und
fahl gescheckt von den
ausgebrannten Flammen der Lärchen.
Wie Erscheinungen blenden
drüber im ersten Schnee geschlossen
die Dächer und Gipfel.
Unrührbare Stille umschweigt,
wer hinaufverschlagen
eintritt in die Entrückung.

Verwandlung

Nebel öffnen
nach finstren Wettertagen
auseinandertretend das Haus,
und da zeigt sichs:
Von den großen Kirchendächern
tief bis herab ins Tal,
mit allen durchschneiten
Schwarzwäldern wards
Winter in den Bergen!

Nachtblick über das Land

Die nebligen kleinen Erhellungen
löschen, es bleibt nur
da und dort noch ein Licht,
auch ohne eine Seele.
Unvergessene Urzeit
breitet sich wieder aus.

Nachtgesicht

Manchmal hängt in der Nacht
im Himmel allein ein Gewölk,
inselhaft neblig hell,
als hätt es nichts mit der
finstern Erde zu tun,
und formt und wandelt sich
immerfort die Gestalt,
schöpfungslebendig;
und einer, der wacht, schaut hinauf
und trägt dann das Ungeheure,
plötzlich Gesehene,
mit in den Schlaf:
Schaudervoll überherrliche,
rätselewige Welt über unserm
licht-ahnungslosen Verdecktsein,
sie ist.

Das Wahre

Es wäre zart an den Himmel geschrieben
zu jeder Zeit,
wenn einer sich richten wollte danach,
auch nachts, es zeigt sich ja immer
irgendeins, genug fürs Erkennen
der Seele:
so wurde früh, und wahrlich,
es galt für ein ganzes Leben, mir
oftmals gesagt. Es war
das treuste Vermächtnis.

Aus der Schlußarie der Kassandra
»Einst wird kommen der Tag«

Da wißt ihr, es brennt das Dach,
hört, wie aus glutverzehrten Lagern
urzeitgefügte Balken krachen,
das Knattern der Lohe,
das Fressen und Sausen der Flammen,
stickt, blindet am Rauch
und spürt schon gewaltig die Hitze;
einstürzt die Treppe, durch Fensterhöhlen
heult Feuersturm, das Haus wird
zum flammenrasenden Ofen:
und nichts
setzt euch in Bewegung,
zu wehren, zu löschen, zu rennen
ums nackte Leben,
nein:
kunstvollste Panzergehäuse
sollen euch noch im Gluteinsturz
als die Herren im Haus erweisen!
Aber
die Salamander-Legende
lügt. Kein Knochen von euch
wird je mehr gefunden werden.
Von wem auch?

II

Im Ganzen

Aus Rosigschaur des Tags in Morgenkampf
des frischen wilden Flusses einzuschaun,
am Berg früh aufgelangt von Hoheit Wald
taublitzdurchhangen auf sich schließen sehn,
von Sonnenarbeit still das Erdenhaus,
drin Licht in Räumen schattentätig träumt,
aus ewiger Ankunft staunend miterbaun,
die atmend rege Einzelheit erglüht
im sein belauschen und im Ganzen stehn:
o Welt, von Herrlichkeit bewohnter Stern,
bei dir zu sein. Wenn auch, grundausgearmt
wie wir jetzt sind, fast schon als fremdes Glück.

... des heiligen nüchternen Wassers ...

Der Wildbach tost, ein Wasserparadies,
den felsigen Gang, muß donnernd Stürzen sprühn,
Gischt, Flocken Lichts, auswerfen, Nässerauch
auswölken, daß der Zauberbogen stets
im Schüttern blüht, träufender Felswand Moos
zu Schnüren rinnt und blanken Schwalls Gewalt
aus schaumgeborner Wirbel Tiefen kehrt –
solang der Bergriß, schneetauüberfüllt,
den Sturmlauf schränkt, des Blockwerks bunte Stadt
das Rohe freudig bricht, noch nicht zu wüst
ein Ungeheur mit Steinen, Wald, ausströmend Dunst
verletzter Erde, trüb die Luft durchspringt.
Bergwasser, herrlichstes Geschöpf, o Bild
der Dichtung: Pindar – Hölderlin sprichts nach
Horaz –, der Dichtkunst summum. Ewig rauscht
der Hippokrene Quell, am Helikon
tanzt singend aus dem Duft der Musen Chor.

Der Luft

Hoch auf die Äcker springt der Sturm im Tanz,
daß Staub sich löst und fortfliegt wie ein Tuch,
haut schon die Geisterfaust, daß Wald aufstöhnt,
Bergflanken ein, durchwühlt auf Jagd sie, fährt
zuletzt mit Beute aus, den Strom des Laubs
zum Turm gekreiselt, lachend auf ins Nichts.
Wie Herden drin der Wolf haust, wie das Meer
im Wintergrimm, bäumt Landschaft grüngefleckt
sich durcheinander, Wirblung schraubt und quirlt
das Luftgespenst. Im Tal ringt jeder Baum,
sausenden Dämon im Geäst, um Kron
und Leben. Vollem Orgelton vom Wald
beginnt ein Krachen, dumpf mit Fall gemischt,
den Fortgang droben zu bezeugen. Nun
ziehn in der Luft schon Dinge mit, die nicht
geflügelt, wie Geräusche, nie gehört,
Schläge und Tönen, sich im Braus erbärn.
Im Einbruch steht die Gegend, dem das Land
tagnacht die Wege weist, bis aller Zorn
der Erde seinen Platz gewechselt und
der Spuk im Sternenstillstand stumm erlischt.

Kirschenhochzeit

Am Maienmorgen wars; ich stand und staunte
im Garten, wo die Bäume blühten: stammauf
entflammt, wogt' fern und nah ein Frühlingsschäumen,
drin Bienen, hoch das Liebesweiß durchglühend,
vielhäusig allzusammt éin Dröhnen schufen.
Klar aus verschämtem Blau durchstrahlter Räume
schaut' tief und stark das Licht; der Tag wollt glänzen,
warm Erdenkräfte strömen, Wachstum schößen,
weil überall die jüngstdurchsproßte Brache
den vollen Himmel auf sich spürt'. Vom Wald her
tönt's wie ein Haus, die Fenster alle offen:
schon längst spielt's räumlich drinnen Licht und Schatten,
baut' Tiefen um die junge Sonnenstunde
und knospt' im Astgewölbe. Fichtenmäntel
standen noch zugeknöpft im Glast. Doch draußen
war schon das Fest im Gang. Die Eichen schliefen,
doch jeder Kirschbaum tanzt', und alles Feuer,
Licht, Herrlichkeit und Wunder war die Braut.

Feldweg

Hoch stehn die Sommerfelder, Flachs und Mohn,
dichter die Goldgetreide: drin im Schein
schwebt Äthers Bläue sternhaft ausgeteilt,
und was der Erdenkindschaft Mundart spricht
und nichts als schön ist, brandet auf am Rain,
und fast erstickt der Weg. Die Rose kommt,
Holunderstrauch trägt Sonnen, süß durch Duft
verrät die Linde sich, ein Berg im Blühn,
der Baum, drin sichs zur Welt gestaltet. Hier
im Schatten unter Bienenton träumt Rast.

Zuhaussein, in der Heimat, ist es nicht
was wir begehren? Hat der Sommertag
nicht alles Glück erfüllt? Es weht uns warm
nur Ruhe an, der Raum steht strahlenvoll,
und Wolkenburgen überm Wald entstehn
noch langsam höher. Eingefangen ists,
das Ganze, dann in einer Amsel Lied,
das nur mehr Antwort über-ausgesöhnt
ins Tieferglühn des Tags der heut ist spricht,
einsam dem Einen. – Und ein Schaudern packt,
daß dies schon alles längst verspielt, uns an.

Sommerabend

Im reinen Hellblau ausgekämpfter Himmel
stehn fern, ein Wall, Rückseiten der Gewitter,
und gegenüber hoch des jungen Mondes
zart-erste Sichel. Herrlich hat die Sonne,
schon nah den Ländern, lichtend alle Räume,
ihr Ziel erreicht, und es kann Abend werden.
Doch ausgehängt aus Dämmerungsgesetzen
scheint sich der hellen Wolken Inselblühen
über die Zeit hinauszuziehn. Es leuchten
die längsten Tage. Still ists auf der Erde,
am Himmel ins nicht Endende zu schauen.

Vollmond

Der Mond hat lange Spiele im Gewölk:
versteckt sich in den Säumen, aber macht
sie licht, erscheint, erscheint nicht, schwimmt ganz frei
und strahlt so ständig wie ein Stern im Blau;
dann glaubst du ihn verloren: aber kurz
verriet er sich, und bald erschimmert weit
ein schön durchbrochener Bereich – er selbst
entzieht sich –, bis Gestade licht beschneit
dem finstern Kontinent entschwinden; dem
malt still der Raum umdämmernd die Gestalt
von seinen Grenzen her; bis, aufgezehrt,
aus Dunkel Frühling, Leben blüht – hell tritt
er selbst, vollkommen unbeschädigt, klar
ins Meer der Nacht, läßt Inseln fern zuseit,
gewinnt, im Fließenden der stolze Pol,
das Freie endlich unbewegt: ist Mond.
Hier überläßt er sich der Zeit im All,
die er stets wachend in dein Träumen wirkt.

Gewitter in die Nacht

Bergmassen Finsternis, der Dachstuhl dröhnt,
Licht schreckt groß auf, klar steht die Blitzgestalt
in Tiefen des Gewölks. Weit schlägt die Tür
der Einschau auf und zu. Herabgesenkt
schließt sich wie Rauch des Wassers graues Haus,
rings blitzgetaucht blühts auf im Farbenschein,
der Kammern Tropfenwandung glänzt und lischt.
Es brennt und leuchtet überhell der Bau
der dunklen Welt vom Boden bis zum First.
Folgt Regendämmern Nacht, fortzündend reißt
das Lohen greller durch, flammt Schlag auf Schlag
der ganze Tagschein. Räume wie im Traum
stehn droben strahlzerrissen, urzeitwüst
die Statt der Götterkämpfe. Gold und Licht
durchzücken, Finster trümmernd, tief das All.

Hadesfahrt

Fern glüht das Wasser zwischen Land und Land.
Leichtgrau verwinden die Gestade
sich um der Inseln Flucht –
ein Baumgehäuf, ein Turm,
von Lebensflur umhaust, kehrn letzten Rücken.
Nun auf die schwerblau hohe See!
Es schwillt vorm Wind das Tuch, kielwasserbreit
straßt sich der Glanz, Schaum prescht beiseit,
hart gehts den graden Kurs in finstren Duft
des Aufgangs. Nacht steigt dort.
Im Schlaglicht ebnen Lohens vor
der Meerberührung, strahlgeschoben
vom Ball, doch nie entfernter, rauscht
die Wasserfahrt. O Traum und Augenblick
von Ewigkeit, o Glück und Abenteuer!
Entgegen rollt das Wachstum von Gewölben
gefährlich flüssiger Häuser, auferhoben
im Takt aus dunklem Glas zu Wall und Tal,
und Spiegel blitzen. Oft
wird Schatten, drunten. Dann ersteigt das Schiff
auch Gipfel. Weit dehnt sich das Meer ringsum,
ein Acker in Bewegung. Leuchtend krönt
sich alles tote Leben. Das Gestirn
steht auf der Erde. Wie ein Gott stirbt, so
unsterblich schwindets klar hinweg.

Ums Abendrot

Es kam wie immer. Eben lief der Weg
noch rüstig fördernd, hausdurchhöhlt' den Wald,
als Stämme vorn sich weigerten. Gleich starrt's
wie Fels und Feindschaft, Wildnis bleckt' den Zahn
und höhnte. Seitwärts lockt', verschmitzt, Gedörns
glanzfinstriger Verhau. Hoch wuchs dem Geist
des bärtig-unbetretbarn Orts das Gras
aus tiefster Brust, und Abendrot, daß nichts
an der Verirrung fehlt', begann den Brand
am Himmel aufzutreiben – weit, wie wenn
da unaufhaltsam Einbruch, Weltgeschick
sein Flammen wälzt': schon über Häupten blüht'
die Glut, griff steil ins Grenzenlose. Lang,
wie alles Irdische im Feuer loht',
stands Traum und Herrlichkeit. Dann starb die Welt,
ihr Glühn verschob sich, Röte fiel heraus
und wurde grau, bis Wunders feinster Rest
zuhöchst an Fernen läuterte. Nun galts
Kentauren gleich im Dämmerfall das Herz
gebrauchen, Irrsal öffnend tausendfach
das unwegsame Abenteuer tief
ins Finster knüpfen. Noch ein letztesmal
vom Berg ins Freie schaun. Und dann hinab.

Waldabend

Halb angeschaut, jedoch im Glänzen breit,
und wie ein Eingang in die alte Welt,
stehts dort, und ist auch Abend, daß ich kaum
mich weigern kann: es müssen Ziel und End
am längsten doch noch in der Sonne liegen.
Schnell wall ich hin und spürs, wie hoch die Glut
in Wipfeln goldner haust. Bin tief im Wald
auf einmal aus dem Weg. Nur Hochwuchs, fremd.
Verloren selbst die eigne Spur. Es schaut
mit wildem Sinn der ganze Kreis mich an.
Der Wolken höchstes Blühn droht droben schon
überzugehn. Die Lichtung dämmert. Neu
stauft Stamm an Stamm der Raum sich dunkelnd, tot
in Stille. Nicht ein Blatt bewegt. Da schlägt
das Herz vernehmlich. Hier ist weit und breit
nur das was immer ist, wenns Abend wird:
Schlaf, Wachen, Traum, ein großes Fortbestehn.
Das Unerkannte öffnet seinen Mund.
Bald werden ob der Schwärze Sterne blühn,
unendlich langsam wird die Nacht sich drehn.
Und nun wirds wirklich finster. Ort und Welt,
verbunden, unauflöslich, ziehn mich ein.

Ein Abend, zufällig

Wieder und wieder saust der Bussard nieder, doch
das Mäuslein birgt sich, wischt ihm aus. Er schwingt sich
hoch,
schlägt auf ins letzte Licht. Die Wälder kalten längst,
bis auf die höchsten Wipfel. Wo die Berge stehn,
strahlt flüssiges Licht. Noch eben war die Sonne groß
in sie gesunken. Im Zenith beginnt Gewölk
zum Abendfeuer aufzublühn, sein Weiß gewinnt
an Herrlichkeit und Wärme. Und nicht lang, so glüht
der Himmel hell im Rot, dem Erde widerscheint.

Gewähr mir, denkt der Wandrer, der ich bin, o Gott,
Geschöpf in deiner Schöpfung, mich in dir dereinst
zu bergen, wie in allem du mirs jetzt versprichst,
doch im Nichtendlichen. Ich habe Liebesdrang
und Sehnsucht, die Vergänglichkeit zu überstehn.
So spricht er, innen. Dann, gebannt vom Abend, steht
er still. Das Dämmern wächst. Es wächst wie jede Nacht.
Dann treten, Tausendreihn, die Sterne, Zeugen auf.

Nachtseite

Da draußen sommerduftend steht die Nacht
mit offnen Grenzen; irdischer Bezirk,
dem Himmelsabgrund lauschend ausgesetzt.
Den dunklen Stern bewohnen. Leben schläft
auf ihm. Behutsam rollt er seine Fracht,
ihm kostbar, unterm Licht hinweg; zum Licht.
Sie nicht zu wecken, träumt er mit mit ihr.

Das ungeheure Ganze. Dicht, gesamt,
nicht aufzuschließen. Aus den Fernen kommt
mit irgendwelchen Nachtgeräuschen stets
der weltenhafte Ausgleich: aller Wald
erschauert, reglos, finstren Gipfeln wird,
vereinsamt, Botschaft, und am Himmel starrts
im Sternenstrahlen anders, alt und neu;
Echo von Kämpfen, von Triumphen, das
vom Tag hierher fern in die Nacht gelangt.

Was dort im Licht geschieht, davon blühn hier
im Dunkeln märchenhafte Bilder. Nie
sehn sich die Zwillingshälften. Jede hat,
ist Welt sich selbst. Doch bleibt der schönen Nacht
ein Ältres. Ungewordner Raum, der schweigt,
drin streng geeinzelt Höchstmaß lichter Kraft
am Grund von Ewigsein steht – tausendfach,
unzählbar. Noch bewegt sich nichts. Es dreht
ein Kreis das Rad und stürzt als Kreis sich selbst.
Dort drüben rennt ein Licht allein die Bahn.
 Hier aber schaut sich das Erhabne nackt.

Das Nachtschauen

Des Abendabschieds Helle war schon lang
gesunken, aufgerückt war droben Nacht,
reich an Gestirnglut, zahllos Schwarz durchblitzt.
Welt war ein unausahnbar finstres Haus.
Waldeinwärts unter Dach, um Stämme, Raum.
Berghaft aus Bäumen, lichtersperrend hing
Traum massenweis, verwelkter Glanz vom Tag,
schon unaufweckbar. Draußen aber fahlt'
auf Moores feinstem Flor, Grasspitzen grau
Nachtstrahlung ganz durchwachsenen Gestirns.

Gestalt und Zeichen dreht' sich, unverrückt,
vertraut, im unausschaubarn Anblick. Klar
warf Wald stillblitzend Stern um Stern herauf.
Stets andre Zeiten stiegen in der Uhr
der wahren Welt: sie strahlt' der Ewigkeit
vollkommne Summen aus. Ein grauer Glanz
zahlhafter Wirklichkeit durchkam vom Grund
das Aufstehn aller Tiefe. Lichtlauf riß
sich einzig los, und losch. Drauf Träumen schuf
noch starrer seinen Brand – wie reglos Wald
zum Ende brennt, die Nester endlos glühn.

Nacht war ein Dom, und Erde war ein Schiff,
das immer fuhr. Dann war auch Nacht ein Meer,
mit Lichterschwärmen voll durchmischt, ein Berg
mit finstrem Gipfel Erde, draufzusehn.
Dort droben rollt' das Andre, fest stand hier
 ein fast Vergeßnes, doch von dem allein

des Alls Erblickung jetzt geschah. Es selbst
brannt' ungeschaut im Sein, und diese Nacht,
die taglos einzige die es besaß,
zeigt' sich in ihrer ganzen Ewigkeit
dem schwachen Augenpaar das aufwärts staunt'.
Sie strahlt' in erster, letzter Majestät.

Nachtgang

Ich war nicht wo ich wollte hingelangt,
auf allen Wegen finstert's, nur nachhaus
wärs noch zu gehn gewesen. Aber fremd
und waldumstarrt stand ich im Tal und sollt
wie's Abend heut und hier ward, Zeuge sein.

Nachtländer wechselten. Beiseit der Bach
arbeitet', schlug und läutet', tost', als wollt
das Wasser, tief aus Berges Jahren nacht-
austretend, nicht in Nacht geboren sein.
Eins wuchs ums andre. Schatten, vorgebäumt,
kleideten fast Vergeßnes, nie so nah
Herangetretnes. Innres sprach den Gruß
ans dämmrige Geschwister. Herz an Herz
ward, klar an klar gegeben, endlich voll.

Schlafs Stunden schritt ich aus. Das Waldland glänzt'
im Traum, kein Augenblick war wach. Schwarz stand
ein Unterirdisches ins Obre, ab-
gewandt, aus einem starren Stück, der Punkt
inwendig unauffindbar fern. Es teilt'
die finstren Massen nicht Gestalt noch Zeit.
Das schwache Himmelsgrau führt' hoch das Tal
in jede neue Wendung. Offner Raum
stand über aller Enge, sterngeschmückt,
sein Selbst verherrlichend.

– Das Land erzählt'
sich nun Geschichten – Fels den Wassern, Berg
den vielen Wipfeln rings um ihn, und mir

der Weg. Groß nachtgespannten Schauens ging
ich hin in frühren Leben, bilderwärts.
Vorhaus und Schwelle schuf sich aus der Nacht
verirrt die Seele, gläubig heimgelangt;
und wandert' unnennbare Straßen aus.

Altjahrstag

Heut nacht noch tauscht der Tag das Jahr. Ins Grau
mit letztem Aufwand Licht zu bringen, steigt
durch Nebel Winterrot, aus Morgenglut
sich Welt entzündend. Einmal noch gebiert
der alte Kreis das Feuerwunder Tag.
Zum Himmel bricht das Licht im Rosenstrauß.
Unglaubhaft blüht das Tal vom Widerschein
entglommnen Schnees: der Gipfel Feierzeit
schaut schon ins Aug der Sonne. Schattenhell
stellt sich des Winters Talwelt, klar entwirrt,
zum Lebenshaus die letzten Räume auf.

In langen Stunden schloß sich Ewigkeit
ins Lichtverwalten ein, das Strahlen schoß
tiefblendend durchs Gebirg, wo Raum um Raum
erleuchtet, dann verschattet, Zeit erfuhr.
Verkürzt schien, stark gedrängt, der Gang des Lichts:
Erdeinschau flammend, rückt' Gestirn das Rad,
groß griff der Schein hindurch; Lichtfeier, lags
beständig auf den Höhn, doch ausgelebt
stands schattengrau durch Täler, wuchs, klomm schon
an Hängen. Wieder blüht, zum Abschiedsschein
des Jahrs, die Glut, ein letztesmal, zum Grund.

Traum einzig hält beisammen, was noch ist,
was wird, denn Abend hat begonnen, sich
zum Ausglanz, Einglanz alten, neuen Jahrs
das Schicksalskleid, das größte, anzuziehn.
 Er prunkt, das Höchste, Tiefste bringt er auf,

reines Geleucht und sacht Verglimmen, daß
Gedank und Sinn kreisender Welt, und Art
der Zeit, die sich erneut, in Schauung steht.
Vergänglichkeit, ins Endlose verschränkt,
setzt kühnstes Glühn und schlichtstes Ausergraun
als Übertod, hinausgefunden, ein.

Nun ist, im Dunkeln, Erde ganz erwacht,
der Himmel aller Sterne hat sich hoch
zur Strahlung aufgestellt. Es ist die Nacht,
die wechselt. Unverbrüchliches Zuhaus
wird abgebrochen, offner Wände steht
der Bau, ein stiller Sturm räumt aus. Fremd treibt
ein Jahr noch ungebrauchten Glanz herauf,
hin an den Lichtern funkelnd. Jetzt und jetzt
wird jener Punkt durchschritten, wo die Zeit
die Fackel weiterreicht. Im höchsten Schwung
gebiert sich neu der Kreis, war alt, wird jung.

Mondnacht

Als wär kein Raum, verstrahlt der Mond sein Licht,
scheint klar als Spiegel wider, was ihm frei
das gegenüber aufgeschlagne Aug
aus Schöpfung zuwirft, Erdennacht vorbei:
Sonne, die immer brennt. Rauh Silberglanz
im Staub erzählts, auf Stein, an Bäumen her-
gehangnen Blättern, Träume dran was ist
zur Nacht bezeugen. Flächig blendet Gras,
Waldwiesen, fahl entzündet, Einsamkeit.
Die Wasserebnen schimmern: Haus um Haus
baut draußen sich der Augenblick sein Jetzt,
die Kußhand blitzt, es lebt wohl durch die Zeit.

Fern zwischendurch aus grauem Dunkel schaut
der Hintergrund, die Gegend. Mild und reich
hat sich ein Ganzes fremd, erscheinungshaft
zu Halblichts Schönheit eingewohnt im Raum.
Es blüht auf Erden. Schwarz stockt, unerklärt,
Sees Abgrund, Waldstück, Schattensturz. Verhüllt,
aus ältrer Deutlichkeit spricht anders Welt
die ganze Wahrheit – Dämmerwissen, das
nur Nachtgestirns erborgter Schein aufregt.

Talöffnend fortzeugt Mondgeleit die Flucht
ins märchenhaft versprochne Innerste,
wo berggefaßte Plätze hellsten Lichts
schon Himmel eignen, strahlgetauft; noch Stern
ist dort die Erde, Sternengang vermählt,
 dort dunkeln weiße Feuer: ungesehn

blühn sie der Nacht. Von Wasserarbeit hallt
das Wildnis-Aufgebrachte, Fäden Glanz
auswandernd, lärmgesträhnt: dort hört kein Ohr
der Stille aus und des Geräuschs Gespräch.

Mond nistet tief im Waldtal, lieblich, scheu.
Ein Weg geht hin, licht-dunkel, baumbedeckt.
Der Bach bleibt nah. Die helle Nacht gibt Ort
und Schicksal, dichtend, gibt dem Ziel Gestalt
– einem das nicht mehr da sein mag, doch war;
und so dem Wandrer. Monderhöht, befährt
er Gegenwart von Zeiten die ihm fremd,
schwarzweiß durch Dämmer. Blatt und Kraut schiebt Glanz
am Boden. Räume stehn lichtausgespart
im Wald mit ihrem Zauber. Zeichenhaft
fällt Dunkels Welt, geträumter gleich, ans Herz,
erkannter Heimat schlafendes Zuhaus.

Als weiße Ewigkeiten, lichtgenährt,
starrt weithin Erde, klarste Fernen schaun
wie aus Kristall, herschimmert Länderrand
wie Steingebirg und Gletscher; Blitzreif sticht
vom undeutbaren Wald, der Flimmer steht,
und graulich schlägt vom Grund der Mondbrand steil
rückauf ins Uferlose, übergrell
das schattenfreie Licht drin ausgeglast
aus Lichtzeug blendet, bildwärts weit gesprengt.
Rastlos durch Schwärze glänzt der reine Schild.

Das Haus

Im Traum Vergangenheit. Ein Haus, groß, alt,
die Räume ungeheuer, grauverloren.
Im Halblicht gehn, vergeßnen Zielen zu
in weitentfernten Teilen des Gebäudes.
Ein dunkles goldnes Fackelblitzen lockt
von draußen aus der Nacht. Und mit, auf Treppen,
am Grund von Höfen, zwischen Innenhäusern
sind andre unterwegs, es scheinen einzelne
auch wieder zu begegnen. Aber fern
muß eine Hochzeit sein: Musik und Glanz,
gedämpft, liegt über Dächern. Irgendwo
blüht eines Brunnens Wasser finsterklar
am Strahl. Und Galerien, ausgehöhlt
von Sternenzeit, baun Fronten Schlafs Gehäusen.

Im Torweg fristet sich noch spätes Leben
geschehner Ankunft. Wie von Feuer wärmt
der Schein auf Kupfer, Zäumen und Beschlägen,
rot auf gemaltem Lack. Windlichter, still
wie Bäume, eins brennt überm andern, hoch
am Stiegenberg. Im Saal Waldfinsternis
und Rauch der Nacht; im Lichtweg lang der Schatten.

Uralten Daseins Wohn- und Sterbrecht haust
in aufgegebnen Trakten. Gegensprühts
aus Spiegelgrund, durchwandert mit der Kerze.
Aus Staub schaut grau bestrahlt Alt-Häuslichkeit,
unmodisch großen Sinns. Sternbilder flammen
 in allen Fenstern und ein Berg loht, fern

zu Nord und Mitternacht hinauf, in Brand.

Heraus auf Söller, zum Terrassenfall,
im Herbstwind drunten loses Laub bewegend,
steil Gartentiefe teichbeglüht im Mond:
ein ganzer Blick staunt über Wald und Tal.
Und wieder rückgewandt ins Dämmerhaus,
durch Fluchten hoch wie Bäume und Alleen,
dem Festglanz einer innern Stadt draufzu:
wie Glas, fällt Licht durch Mauern, unerreichbar.
Schon zählt sich Raum um Raum zum letzten hin,
portalgleich säulgestuft wächst jede Tür.
Aus in ein Land das Nacht hat, hausverlassend,
tritt frei der Traum. Ganz schlicht auf Erdengrund.
Es ist noch fremd, was hier geblieben ist.
Doch atmet alles ringsum Gegenwart.

Wander-Phantasie

Was ich vom Widerschein der Felsen seh
dort im gewundnen Tal, lockt tief ins Land.
Ein fremdes Leben, Sommers Lust und Glanz,
gewiß, zum Abend ists leicht eingeholt.
Ein Lichtbereich wird unter Bäumen sein,
der Mond schwimmt auf dem Wasser, und vom Haus
aus offnen Türen strömt Musik. Dann geh
ich leise fort. Den schwarzen Wald durchstrahlt,
drin dämmernd, das Gestirn. Die Nacht ist frei,
die Hügel glänzen silbern überm Fluß,
und eine steingewölbte Brücke starrt
im Rieseln und im Schimmern. Immerfort
führt mich der Weg hinein, als gings zum Meer
im Innern eines tiefen Kontinents,
an dem die alten Paradiese hoch
mit Schattenhainen stünden in der Nacht.
Dort würden grau die Gottesmorgen blühn
der schlafverhauchten Erde. Ihrem Rot
und goldner Feuerwirklichkeit würd ich
entgegenwarten, still am Ziel. Es kommt
ein zweiter Tag. Gebirge steht ins Blau,
die Täler öffnen sich, es geht hinein
auf rauschenden Geleisen. Vogelflug
umschwebt die steilen Massen. Drüber äugt
manch himmelnahes Erdenstück, so weiß
wie Traum, im Licht der Gipfel. Tief im Bann
der Mächte, feierlich an Gletschern, die
kaskadengleich in Fenstern stehn, vorbei
 durcheil ich Zauberland. Der Räume Haus

tauscht wie Gewölk die Strahlung und Gestalt,
im Lichtduft ätherblauend wächst der Tag
und dichtet jede Stunde sich sein Recht
heroisch aus der Zeit. Die Götter baun
all-täglich hier die Welt, und selig, sie
belauschen. Zuzug andrer Täler heißt
stets lautern Wassern folgen. Offen steigt
des Ausgangs Bild: ein Inselreich stockt fern
im Spiegelglühn, dran schattenhaft das Land
die Säume sanft hinausschiebt. Hänge gehn
mit Wälderrücken nieder weich ins Grau,
im brausenden Gestein stürzt sich die Bahn
Schmelzwässer dort hinab. Auf Schutt und Sand
brennt endlos Mittag, und ob dann noch viel
von schon geneigten Schatten Gärten kreuzt
was unaufhaltsam treibt, am Abend steh
auf steiler Warte ich und überschau
das Gold das offen glüht, drin der Bestand
von dunkelnd abgetrennten Leben liegt
in grüner Dachung Schutz. Die Lichter sind
entzündet, und wie Sterne glimmts hinaus
im ruh-verteilten Meer, bevors noch stirnt.

Vom Sterben im Sommer

Im ersten vollen Sommer jedes Jahr,
wenn alles, eins neben dem andern, wächst,
das zweite, dritte Blühn schon seinen Platz,
und länger nun, behaupten will; wenn kaum
am Paradies noch etwas mangelt, hoch
und reif und in der Schönheit Kraft, ganz dicht
was da sein kann auch ist: in solch schon stets
herbeigewünschter Zeit des reichsten Seins
begibt es sich – du hast es längst erkannt –,
daß unerklärlich eine Trauer, wie
Erfahrung von Umsonst, von Kreatur,
bemühtester, in Antwortlosigkeit,
ja in Verlassenheit von droben, wo
sie Kind ist, dem Erscheinen höchster Pracht
plötzlich den Ausdruck wandelt. Rätselhaft,
ein Schleier nur, der allem gleicherart
den Glanz im vollsten Licht verringert. Nichts,
was greifbar wäre! Denn der Linden Blühn,
der Strauch voll Rosen, Wiese höchster Stand,
was sollten sie entbehren? Und doch hast
du recht gesehn. Wir deuten nicht, wo wir
aus eigner Existenz verstehn. Es herrscht
éin Schicksal. Ists, daß wir Vergänglichkeit
verspüren, weil am Ziel nichts dauern darf?
Drückt dies das Trauern aus? Doch wie, bedenk,
käm solch ein Wissen, das uns menschlich scheint,
der Glut des reinst, des ganz Gewollten zu?
Unschuldig ist Natur und arglos. Nein,
 so leicht löst du's nicht auf, verschlossen bleibt

ein Innres im Vertrauten. Aber horch,
das Grollen: alle Tage dieser Zeit
führt große Last der Himmel, türmt sie blind
zu immer wildern Gipfeln und verdirbt,
weils nicht mehr tragen kann, den ganzen Bau
des höchst Ervollten. Täglich rollt der Ton
des Abgrunds krachend übers Land, begräbt
mit Dunkelheit, in Schauers Sturz und Dampf
das Grün und Blühn der Erde. Hellste Kraft
schlägt irgendwo ins Leere. Laß dir dies
zum Zeichen sein: Die Welt will sterben, jetzt,
im vollsten Leben. Niemals mehr. Es ist
kein Ende, dennoch. Abend lächelt süß
mit offner Bläue, endlos, zielerfüllt.
Kein Mangel scheint. So stark gemischt fährt Welt
weit über uns hinaus den großen Gang.

Die Wahl

Noch war im Weltgefüge nicht entschieden,
was werden sollt. Gebirge stellt' sich dar,
draus gingen Täler; drin im Dunkel wallt'
Gewässer, rauscht' und leuchtete, haucht' Dunst
aus allen Klüften. Herwärts neigten sich
zerrißne, steilzerworfne Hänge, die
im Absturz schon ein schwarzes Waldband faßt'.
Hier wand der Grenzfluß sich in finstrer Schlucht.
Das Ganze lag im frühsten Dämmern, war
in großverhüllten Massen erst zu schaun.

Diesseits davon herrscht' voller, blauer Tag.
Da liefen reiche Wege lebenhell
zur brückenlosen Schlucht, am Sommerhimmel
zog Lichtgewölk der dunklen Grenze zu,
die widerstand. Bebaut-bebaumte Hügel
mit Bächen wiesenteilend eint' ein Land,
das unbeschränkt ein gartenhaftes Dasein
hinwandelnd Wohnender zu hegen schien.
Dort aber lag ihm, wie die Unterwelt
der oberen, sein Widerspiel vor Augen.

Der Traum, so viel verstanden, hielt jedoch
hier ein, im Wissen, Schicksal auszuwarten,
das unausweichlich wuchs, war irdisch nur,
in schlichter Existenz. Ihn schaudert' aber,
sah er das Hoffen hier und dort Verneinung,
ins ewig Spielende im Zeitenschoß
sich noch einmal zu senken. Frei gewillt,

abscheidend wandt er sich hinüber, setzt'
den Fuß ins Unland, unten in der Schlucht,
und stieg ins Steile dann den Hang hinauf.

Die Wanderer
I. Die Kyklopen

Er war in seiner Einsamkeit, so glaubten, die
in finstrer Nacht vor seiner Höhle standen und
ihn drinnen schreien hörten: Niemand war bei ihm.
So schlug und krümmt' ihn Krankheit, die ihn überfiel,
und war kein andrer Rat denn als zu tragen, was
ihm Niemand zugefügt. Des Alls gestirnter Brand
stand eisig am Gewölb, und aus der Erde schrie
die Kreatur, ihr Bruder. Furchtbar hilflos schien
in dieser Nacht das Leben. Stumme, gingen sie
jedweder auseinander. Einem aber, der
tief hinter dem Geschrei sich barg, klopft' fast zu laut
sein Herz in mutiger Brust. Noch innen, wuchs ein Licht
dem schon begrüßten Rettungstag entgegen, und
der neuen Leiden erstes war schon halb besiegt.

Die Wanderer
II. Der Feuerlehrling

Es spielte an der Höhlenwand
ein rötlichgoldnes Leuchten hin:
die Schmiede waren dort. Er sahs
von gegenüber. Mondgrau lags
mit Fluß und Sandbank auwaldvoll
dazwischen. Hirsche traten frei
ins Schimmernd-Blinkende hinein.
Die hatten vor ihm Ruh. Sein Ziel
war dort das Gleißen, Sprühn, Erklang
und Tönen von Metall. Das zog
schon manche Nacht, diesmal triebs ihn
dem Zauber zu. Als er den Fluß
durchschwamm, durchfuhrs ihn, grad im Braus
und Reißenden: Es wär kein Weg
zurück mehr. Nie. Er würfe sich
ins Untre: Feuer führten fern
gewunden in die Tiefe, ein
Gesicht aus dunklem Glanz wüchs ihm
vom Ende her entgegen, und
sein Blick empfing' ihn . . Triefend noch
stieg er, schon innen brandversehrt,
hinauf, betrat den Feuerschein
und liefert' ganz sich ihnen aus.

Die Wanderer
III. Der Jünger

Er las in seinem Antlitz: du mußt gehn.
Da neigte sich der Schüler tief, verließ
das Kloster, stieg den Bergwald nieder, trat
ins Boot; der Fährmann setzt' ihn drüben ab.
Die Wanderung begann. Durch Jahre trug
die Schriften er in seinem Bündel, kam
ans Meer. Im Land, das ihm gewiesen war,
erwuchs aus seinem Funken fremde Glut.
Tempel entstanden, Glaubensscharen; Licht
strahlt' von der Botschaft seiner Rollen. Er
verbarg sich, setzt' sich vor die Felsenwand,
bis ihm der Meister drin erschien, und lernt'
die ganze Lehre erst vollkommen aus.

Die Wanderer
IV. Die Boten

Berittne, eilig. Asiens Innenräume
verschieben sich unmerklich ungleich täglich.
Gebirges Kettenränder wechseln ähnlich
begleitend Sonnenschauspiel früh bis finster.
Landseen, verspiegelt, täuschen. Überfernen
verbraucht die Spur. Sie furten kurzer Flüsse
rauschendes Großtun. Nächtlich sterngelagert,
glüht sie Unendlichkeits vertrauter Schauer.

Hinziehn sie winzig auf der Erde Weiten
und tragen große Botschaft. Weltentbrennen
birgt sich im schwachen Funken ihrer Fackel.
In Triebsand, Nebel, Schneesturm, wenn die Zeichen,
hinabgereiht, fast schon ins Untre glänzen,
hält sie ihr Auftrag warm. Sie reiten achtsam
durch große Herden, enden hart am Zelt.

Die Wanderer
V. Die Lernenden

Sie waren erst gelandet, als auch Nacht
schon austrat unter fremden Bäumen, und
sie trauten sich nicht weiter. Schattenschwarz
bedroht' ein unbekanntes Land den Platz,
drauf sich ihr Fuß gesetzt. Die Brandung warf
sie grad nur an den Strand, den hell der Gischt
aus Dunkel noch bedrängt'. Hier Schlaf und Ruh
zu finden, keiner hofft's. Die See ging wüst
und Wildnis wacht' im Kranz, draus Ungefähr
sich stets entbergen konnte. Droben brannt
lichtstark das Firmament der Tropennacht
an Feuers statt. Der Wasser Prall, das nie
Ermattende im Ohr, erfuhren sie
als Leben, wie die Welt am Augenblick
haftet, nicht abzuschütteln. Her zuletzt
hatt' tausendfältig sie ihr Stern bestimmt,
dem Urwaldschrei, der lauernden Gefahr –
zu werden, was, ausfahrend übers Meer,
die Zeit, stets eiserner, sie lehrt': von nun
im Unbehausten nur, im Sein behaust.
Sie beugten sich, Kinder der Erde, ganz.

Die Wanderer
VI. Die Freien

Sie schlugen weit den Mantel auseinander
und deckten sich vorm fernen Feuerschein,
in dem ihr Haus verbrannt'. Kein Auge sollt
von dort sie sehn. Sie aber wollten bleiben,
bis Morgen ward: dann wär die Welt erst frei,
zu gehn wo sie's beliebten. Diese Frist
schien ihrer Treu zuletzt noch aufgegeben.
Dort um die Flammen taten sich mit Schreien
Gestalten schwarz hervor und zerrten hin,
was nie ins Freie kam: die Ordnung ging,
fast unerschöpfbar, Stück um Stück, zu Bruch.
Es schwelt' der Rauch. Sie aber sahn schon längst,
wie überm Wald der Mond als feinste Sichel
sich aus den Wipfeln zart hervorhob: nahe
war nun der Tag. Sie lösten sich vom Boden.
In ihrem Innern schlug ein neues Leben.
Da fiel der Schuß, der sie zur Erde streckt'.

Die Idee

Hier geht, von diesem Augenblick,
die Welt neu aus, und ihr bezeugts,
ihr Sterne dort, ihr Geister rings:
ein Mensch hat jetzt für alle Zeit
voraus gedacht was ist, was wird,
was immer da war: schaut' das Bild
das nie noch schien zum erstenmal,
und faßbar wird, als Urgestalt,
ein Ältestes und Höchstes. Blitz
und Auferblitztes stehn zusamm'
und blenden hell den ganzen Kreis.

Schlußwort

Gesetzt, es käme mir Gerechtigkeit,
die ihr mir, meine Richter, all die Zeit
da ich noch lebte stets entzogen habt:
nicht ich noch ihr erführen's. Beide gehn
wir unversöhnt und sühnelos hinab.
So sag ich euch im letzten Augenblick:
Ihr wart bestochen. Fluch sei eurer Schuld
ins längste Angedenken. Euer Spruch
wird künftig zum Gespött. Doch meine Tat,
betrogen um des Wirkens Recht von euch,
erhebt mich noch, wenn eine andre Welt
als eure dumpfe mein Getanes braucht.

Der Schreibende

Tiefnacht. Am Tisch in seinem Zimmer schreibt
der Dichter. Zeil um Zeile, schwarz und groß,
fließt auf die Weiße des Papiers die Schrift.
Ein seltsam stilles Tun, das Blatt nach Blatt
verwirft, und neu beginnt, und streicht, und füllt –
nicht anders als im Sternen draußen kreist
Vollkommenheit. Hier sitzt ein Mensch und will
der Welt entsprechen. Sie auch strahlt in ihn,
und beider wundersames Kind, zur Nacht
geboren, schlägt sein Aug auf: das Gedicht.

III

An der Möll

Vom Berg kam ich zum Fluß,
lechzt nach dem Wasserguß.
Der Tag sott heiß im Blut,
voll Kraft, Gewölk, und Glut.
Das ging so rasch die Bahn,
schwarz fings zu düstern an:
der Schwall das Tal durchhallt',
Blitz schien und Donnern schallt'.
Mein Bad in Schaum und Braus
hielt ich im Wettergraus,
herz-lachend, daß mich Welt
so tief ins Glück gestellt.

Fernblick

In dem Raume wunderbar
zeigt sich mir die Erde,
Well auf Welle adlerklar
Berges Kraftgebärde.

Zwar verhaucht von Dünsten schlich
manch ein kahler Scheitel,
scharf nur noch der Rückenstrich,
alles andre eitel.

Waldes Baum und Felses Kluft
fern im Duft erstarben,
doch aus Licht gewebt und Luft
blühten schön die Farben.

Wie sich Rück- von Rücken trennt,
hätt ich nicht entschieden,
doch was Einzlnes es erkennt,
gibt dem Auge Frieden.

Hell das Stirnende, und dran
schattet weich die Flanke,
so die Phantasie zog an
gleich der Formgedanke.

Und ein Ganzes baut sie nach,
wie's einst lag im Werden,
als des ersten Tags Gemach
aufrecht stand auf Erden.

Der Wetter-Wind

Es weht im Sommertag ein Wind,
drum wogts in Feldern dichter Ähren,
Waldwipfel sausen wie sie sind,
der Bach will seinen Gang verkehren.

Am Morgen schiens noch nicht bestimmt,
man weiß auch nicht wo's hergekommen,
was nun wie Meeresschwall ergrimmt
dem Erdentag die Ruh benommen.

Wohin man sieht im Ringen, sträubt
und bäumts, sich nur am Ort zu halten;
durch Fernen ragen hochverstäubt
der Dinge graue Ungestalten.

Ein großes Schaffen das nichts wirkt,
der Erdgemeinschaft Herr und Meister,
hat alles Hiesige entzirkt,
stürzt pfeilschnell über Stock und Heister,

und finstre Hagelmuren ziehn
ihm nach wie große Gräbersteine,
und alle Felder wollen fliehn
voll Angst, und es vermögens keine.

Nachts

Wenn stark die Täler dunkeln,
sich schwarz die Gipfel säumen,
erwacht vor Sterns Erfunkeln
der Nachtwind in den Bäumen.

Die wallenden Gesänge
der Bäche in den Schluchten
durchziehn ruhlose Hänge
waldfinstrer Bergesbuchten.

Dem Wandrer wills ergrausen
vorm Weg zur späten Stunde,
hört ers in Wipfeln brausen,
von Wassern aus dem Grunde.

Doch wächst ihm ein Erhoffen,
schaut er in Himmels Weiten
die Sterne langsam offen,
sie würden ihn begleiten.

Herbstgefühl

Zum drittenmal schon wird der Mond mir in den Bergen voll.
Am Himmel hats von Norden her sich eisig aufgeklart.
Des langen dunklen Wettertags Gewölk verzog, verscholl.
Im Brand der still ins Westtor trat, hat Herbst sich offenbart.

Nun schau ich morgen des Gebirgs Gipfel schon weiß im Schnee.
Nicht fern, dann leuchten Wälder rot und Vögel ziehn im Blau.
Kalt strahlt der Einsamkeit das Licht, unrührbar liegt der See.
Reglos steht tags der Erde Bild, glüht nachts die Himmelsschau.

Zum Spätjahr gehts, ich gürte mich. Das Leben schenkt noch Zeit.
Der Freiheit Rauhreifpfade stehn noch offen, tief bergein.
Der Blick wird heller. Jeder Schritt ringt auf zur Ewigkeit.
Nicht weiß ich wann, doch sicher werd' einmal am Ziel ich sein.

Waldgesang

Es schlägt sich fast wie Trauern nieder,
daß ich nicht mehr mitsingen soll
tiefinnern Walds verschwiegne Lieder,
was einsam dem Gemüt erscholl,

wenn in durchstrahlter Nacht der Bäume
erglühte Kräuter streift das Knie,
pfadloser Wildnis offne Träume
uralt verwechseln Einst und Nie;

wenn in verwirrtem Zauberkreise
durchtönte Räume mich umstehn,
der Morgenruf, die Abendweise
lockt früh zu kommen, spät zu gehn;

wenn tief aus Gold der Ewigkeiten
das Glück im Wald schwillt wie ein Meer,
ein Anklang früherer Traulichkeiten
sich Leben sucht von drüben her:

da wuchs ich ein ins grüne Hausen,
schwerschattend trug das Sommerlicht
geheim erwachter Stille Brausen,
wo Wald sich Ort um Ort verflicht.

Entferntem Leuchten nachzuspähen,
zu lauschen wo ein Klang entstand,
ein Tiergesicht durch Stämme sehen,
 führt es mich wie an Freundeshand,

zog sternhaft das Gestirn in Zweigen
mitwandernd hier durchs ewige Reich,
wo Farn und Moos das Feuer zeigen,
das brennt von Anbeginn noch gleich.

Der Mond auch hat mich angetroffen,
wenn ich mich gern im Dämmern säumt,
warm stand die Nacht dem Schauder offen,
wo kühl sein Licht ins Finstre träumt;

dann wandelt ich die alten Wege
noch einmal, klar aus andrer Welt
blitzts treu herein auf schwanke Stege,
wacht überm Wald das Sternenfeld.

Aufblüht im Wald nun groß ein Sterben,
es wächst die Glut noch tief und wild,
dann bräunt das Laub, schwärzt das Verderben,
verregnet grau-starr Zeit das Bild.

Vom Berg rauschts orgelnd, greift durch Weiten,
Sturm wühlt den Blätterstrom vom Wald,
drauf wird sich blind der Nebel breiten
in öden Ästen; still und kalt

steht ein Gehölz da ohne Wände,
das Morgenrot wirft blutigen Schein
vom Tor der Welt zum Weltenende;
doch ich werd nicht mehr drinnen sein.

Der Hinausgang

Zu spät um noch den Weg zu sehn
und nicht des fernsten Lichts gewahr
betrat ich, schnell hindurchzugehn,
den Wald. Nur Finstres stellt' sich dar.

Hier wohnt' das Dunkel. Voll das Haus
von Stämmen, Kronen, schon im Traum.
Ich wollt' ich fänd mich nie heraus
und wirrt mir absichtsvoll den Raum.

Bald kannt ich viel vom Schattenreich,
schied zwischen Heimlich und Gefahr:
Hier stand das Ragende sich gleich;
hier strömt' was schwarz am Boden war.

Der Lichtung himmelsgrauer Trost
vergaß, wie quer durch Schlucht und Nacht
das Herz aufschlug, das Weg erlost,
wo nur Gewalt sich Bahn gemacht.

Der Schneisen sterndurchklärter Schein
lockt' lang dahin, sich sattzusehn,
es brach der Allmacht Glanz herein,
ein Ziel trat auf, drauf hinzugehn.

Es wurd' auf einmal klar im Wald;
wie Blitze standen dicht geschart
und bauten sich mit Lichts Gestalt
der Erde, die sich offenbart,

geheime Dinge: Rings ein Kreis,
der herrlicher zusammenflammt
als droben; aller Sinn und Preis
stand dort, dem Ältesten entstammt...

– Solch Wunder hat die ~~tiefe~~ Nacht
dem Wandrer tief im Wald beschert.
Sie leit ihn durch mit Wohlbedacht;
sie sorg, daß er uns wiederkehrt.

Bei Wielands Denkmal an der Ilm, Tiefurt

Sie sahn ihn überm Bach noch stehn,
dann langsam unter Bäumen gehn,
sie konnten die Gestalt noch sehn
  und sahn sie längst nicht mehr,

die dort am Steintisch wo sie stand
noch leise winkte mit der Hand,
dann plötzlich zwischen Stämmen schwand,
  ganz plötzlich ohne Kehr:

sie schauten sich die Augen aus,
doch streng schloß ein das Schattenhaus,
was grad noch ans Gestad heraus
  des Acheron trat her.

28. August 1989

»Deine Zeiten schätzten schale Dinge,
unsre kam ein Neues sich erzeugen!«
Jahresringen folgen Jahresringe!
Euren wird sich keine Nachwelt beugen.

»Seltsame Geschichten sind das, höre!
Willst noch immer dem Jahrhundert fluchen?«
Ja! Singt ihr dem Neusten eure Chöre,
werd' ich ewig nur das Alte suchen.

»Und so schieden längst sich unsre Wege!
Wollen auch fortan dich nicht mehr lesen.«
Frisch, Glück zu denn, habt es euch! Ich hege
keinen Groll! Dort seh ich schon – den Besen.

End-Sonett

Wohl gehst du Mensch in deine letzte Nacht,
doch sei getrost: Ein andrer Tag wird grauen,
zu dem die Welt auch ohne dich erwacht,
sich ungestört in Herrlichkeit zu schauen.
Unkenntlich fast hast du sie schon gemacht,
verwüstet ist die Erde, Himmels Blauen
getrübt, kein Wasser rein, der Wälder Pracht
erkrankt: du kannst nichts Neues mehr erbauen.

Unwiderruflich ist die Zeit dir hin,
nun muß die Schöpfung deine Schuld bezahlen,
und zwar mit dir. Vielleicht wird noch Gewinn.
Drum fasse dich, siehst du dein Tagslicht fahlen,
erring mit Freudigkeit zuletzt den Sinn:
Rein wird, nach dir, das Ewige wieder strahlen.

IV

Das letzte Licht

Und ich sah
ein Menschenland immer wieder
überdeckt wie von Staub
vom Fall der Zeit, von der Spur
aller Tage, sah
Geschlechterfolgen stets
bauen auf andrem Boden
und sich verlieren, unauffindbar.
Himmel drüber sah ich täglich
ihr Antlitz wechseln
mit krausen und grauen
Faltungen Zorns, und zum
höchsten glühn und wieder verlöschen.

Ein Schauen wars
schon zwischen Tag und Nacht,
im Grauen der Dämmerung,
die über mich gekommen war
und, als das letzte Licht,
voraus in die noch lebende
Ferne floh, und nach zog sie sich
die Schleppe des Dunkels.
Da begriff ich, und es wurde
mir weh um die Welt.
Aber ins furchtbar Würgende
trat mir, erblindend, die Stimme:

Weinet nicht, ihr wart
mir die Liebsten.

Aufgehoben ist, dort
wo der ewigen Lichter Garten ist,
was das Euere war. Hier
bleibe nur ich mehr allein.
Geht. Keiner von euch
darf mich sehen.

Inhalt

I

II

III

IV